Peter Carnavas

O Elefante

Principis

Este livro pertence a

....

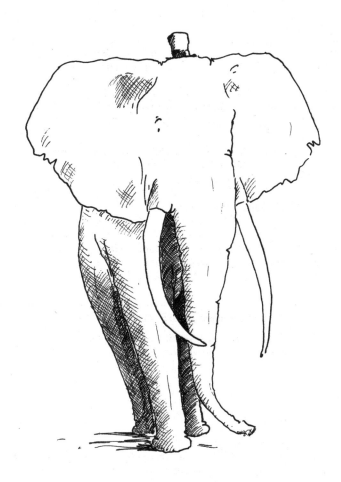

© 2017 Peter Carnavas
Publicado pela primeira vez, em inglês, por UQP em 2017

© 2021 desta edição:
Ciranda Cultural Editora e Distribuidora Ltda.
Esta é uma publicação Principis, selo exclusivo da Ciranda Cultural

Título original
The elephant

Texto e Ilustrações
Peter Carnavas

Editora
Michele de Souza Barbosa

Tradução
Eliana Rocha

Produção editorial
Ciranda Cultural

Revisão
Nair Hitomi Kayo
Fernanda R. Braga Simon

Design
Jo Hunt

Diagramação
Ana Dobón

Dados Internacionais de Catalogação na Publicação (CIP) de acordo com ISBD

C288e	Carnavas, Peter
	O elefante / Peter Carnavas; traduzido por Eliana Rocha; ilustrado por Peter Carnavas. - Jandira, SP : Principis, 2021.
	176 p. ; 15,50cm x 22,60cm.
	Título original: The elephant
	ISBN: 978-65-5552-595-3
	1. Literatura infantojuvenil. 2. Morte. 3. Saúde. 4. Superação. 5. Infância. 6. Tristeza. I. Rocha, Eliana. II. Título.
2021-0094	CDD 028.5
	CDU 82-93

Elaborado por Lucio Feitosa - CRB-8/8803

Índice para catálogo sistemático:
1. Literatura infantil 028.5
2. Literatura infantil 82-93

1ª edição em 2021
www.cirandacultural.com.br

Todos os direitos reservados.
Nenhuma parte desta publicação pode ser reproduzida, arquivada em sistema de busca ou transmitida por qualquer meio, seja ele eletrônico, fotocópia, gravação ou outros, sem prévia autorização do detentor dos direitos, e não pode circular encadernada ou encapada de maneira distinta daquela em que foi publicada, ou sem que as mesmas condições sejam impostas aos compradores subsequentes.

Sumário

O elefante 9
O avô 12
O posto do pensamento 16
Arthur 19
A sra. March 22
Lanche 28
A bicicleta 32
Lado a lado 34
A fotografia 41
Debaixo da cama 44
A máquina de escrever 46
Jantar 49
A sanfona 53
O livro 57
A pomba 62
Filmes antigos 67
As partes coloridas 70
A vitrola 73
De ponta-cabeça 78

A câmera fotográfica 82
A árvore 85
Preto 89
Uma voz 91
Despertar 93
Papel amassado 96
A foto.. 101
Uma ideia 105
Feliz aniversário 107
Uma coisa antiga e maravilhosa 111
Outra coisa antiga e maravilhosa 115
Um céu cadente 121
Um coração imenso... 126
Os animais... 134
O barracão 140
Um plano 143
Arco-íris 145
A expulsão do elefante 148
A oficina... 156
A surpresa 161
Adeus.. 166
Perfeito 169
Agradecimentos 173

O elefante

Quando Olive entrou na cozinha, encontrou um elefante sentado ao lado do pai à pequena mesa de madeira. Ambos tinham a mesma expressão cansada e olhavam pela janela como se fosse uma pintura que nunca tivessem visto. A sombra do elefante deixava a cozinha na escuridão, e ele usava um chapeuzinho preto.

– Oi, papai – disse Olive.

O pai afastou os olhos da janela e olhou para ela com um olhar de nuvem de chuva.

– Oi, querida.

Ele franziu as sobrancelhas.

– Por que está usando seu capacete? – disse ele. – Ainda não consertei sua bicicleta.

Olive sorriu, na esperança de que seu sorriso fosse contagioso.

– Bem, ele só é um capacete de bicicleta quando estou pedalando – disse ela. – Como vou escalar minha árvore, hoje ele é um capacete de árvore.

O pai concordou com um aceno da cabeça e voltou a olhar pela janela. O elefante suspirou.

Olive deixou-os encasulados na cozinha. Ela abriu a porta dos fundos e saiu.

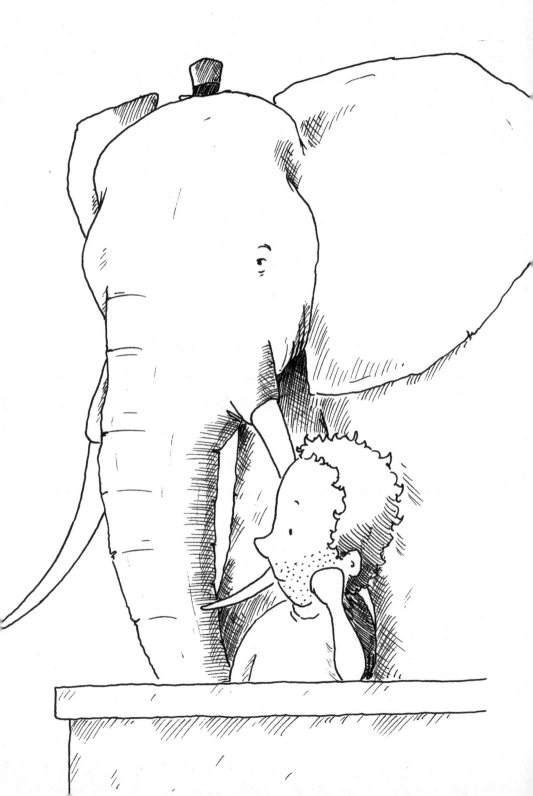

O avô

O quintal de Olive era um retângulo de grama com flores e vegetais abraçando as bordas. Um caminho de concreto se estendia em direção a um varal de roupas enferrujado, e um enorme jacarandá erguia-se perto da cerca dos fundos, cobrindo metade do quintal de vagarosas sombras dançantes. Um pneu pendia de um de seus troncos e havia um pula-pula ali perto.

Olive adorava o quintal, embora ele nem sempre tivesse tido essa aparência. Antes era uma bagunça de ervas daninhas crescidas, e o jacarandá ainda não tinha florescido.

O ELEFANTE

Isso foi antes de o avô se mudar para lá.

Agora ele estava no quintal, curvado sobre o canteiro das abóboras, enquanto Olive saltitava pelo gramado em direção à árvore.

– Ei, Olive! – ele chamou.

Quando ele se levantou, Olive achou que ele parecia um espantalho magrelo com o velho chapéu de palha cheio de buracos.

– Você está usando seu capacete – disse ele. – Seu pai consertou sua bicicleta?

Olive balançou a cabeça. Sentiu alguma coisa arranhar suas pernas e olhou para baixo.

Era Freddie, um cachorrinho cinza de pernas curtas e rabo longo.

Ela se curvou e fez carinhos nas orelhas dele.

– Não – ela disse. – Ele ainda não a consertou.

E então correu para a árvore.

O ELEFANTE

O posto do pensamento

Olive começou a escalar.

Precisava usar seu capacete naquele dia porque estava indo para um dos galhos mais altos, para seu posto do pensamento. Uma mão depois da outra, um pé depois do outro, ela subiu e se aninhou em um recanto confortável.

Olhou para cima.

Havia um grãozinho minúsculo no céu, bem lá no alto. Era um pássaro na forma da letra V, parecia uma delicada marca a lápis no céu.

O ELEFANTE

Que aparência a cidade teria lá de cima, ao se voar nas asas daquele pássaro? Devia parecer uma cidade de livro de histórias, uma cidade de brinquedo. Olive visualizou-a como uma minúscula colcha de retalhos, os telhados das casas como quadrados coloridos unidos frouxamente por costuras. Imaginou as estreitas estradas cinzentas ondulando entre os blocos de casas como pequenas rachaduras em uma casca de ovo. As árvores pareciam infladas, respirando como minúsculos tufos de nuvens verde-escuras, e os quintais não pareceriam maiores do que as unhas de suas mãos.

Olive observou o pássaro até que ele foi se tornando cada vez menor, um pontinho no céu, e ficou tão minúsculo que pareceu sumir, como se se tivesse tornado parte da atmosfera.

Como alguma coisa podia ser tão leve? O olhar de Olive se desviou para baixo, para seu quintal. Seus olhos se fixaram em sua casa e na janela da cozinha.

Toda a leveza desapareceu quando ela pensou no elefante.

O enorme elefante cinza que perseguia seu pai.

Ele ficava perto dele no café da manhã.

Arrastava-se ao seu lado quando ele saía para o trabalho.

À noite, deitava-se ao lado dele, refletindo sobre tudo.

Todo dia ela via aquele elefante.

E todo dia desejava que ele fosse embora.

Justo naquele momento, ouviu-se um latido. Olive despertou de seus pensamentos e olhou para o pé da árvore. Lá estava Freddie, com seu longo rabinho em pé e seus olhos úmidos olhando para ela.

Arthur

No dia seguinte, começava um novo período escolar. Olive sentou-se à sua mesa ao lado de Arthur, um garoto de cabelos crespos e olhos castanho-escuros. Esses olhos geralmente estavam focados nas páginas de um livro enorme – *Fatos surpreendentes sobre sapos, ou Tudo que você precisa saber e ainda não sabe* –, mas, às vezes, brilhavam e dançavam quando ele contava uma história ou brincava no recreio.

Olive gostava de Arthur acima de tudo porque podia lhe dizer qualquer coisa. Qualquer coisa mesmo.

— Um elefante? — Ele quase se engasgou. — Tem um elefante na sua casa?

Ela fez que sim com a cabeça.

— Mas como? O quê? — Arthur piscou várias vezes. — O que você quer dizer com isso?

Os olhos de Olive varreram a classe, onde as crianças apontavam seus lápis e remexiam em suas mesas.

— É um pouco difícil de explicar — disse ela. — Ele anda atrás do meu pai por toda parte. Sempre que ele parece triste, vejo o elefante lá.

– Fazendo o quê?

– Não muita coisa – disse Olive. – Apenas lá, tornando tudo realmente mais pesado e difícil para o meu pai.

Os outros alunos tinham se acomodado em suas cadeiras, as conversas se acalmaram e se reduziram a um leve *"hum"* ao redor da sala.

– Há quanto tempo ele está lá? – disse Arthur.

– Desde sempre, pelo que eu me lembro.

– E por que você nunca me contou?

– Estou contando agora. Além disso, não sabia se você ia acreditar.

Arthur balançou a cabeça. Suas sobrancelhas se juntaram. Ele falou entre uma piscada e outra.

– Acredito em você, mas... bem, ele é real?

Olive se curvou para mais perto de Arthur e baixou a voz.

– Bem, é o seguinte – ela sussurrou, mas não pôde dizer mais nada, porque a sra. March tinha começado a falar com a classe.

A sra. March

—Bom dia, crianças – disse a sra. March. – Espero que todos tenham tido um maravilhoso descanso.

A sra. March era uma mulher magrinha e alegre que parecia balançar sempre que uma brisa soprava. Um monte de bijuterias pendia de seu pescoço, e brincos de plástico que pareciam bambolês balançavam em suas orelhas. Seus cabelos eram uma deliciosa bagunça, um ninho cor de laranja de cachos emaranhados, com fitas, fivelas e flores aparecendo como se tentassem escapar daquela selva.

Sua mesa era praticamente igual.

O ELEFANTE

Vivia cheia de pilhas de livros, folhetos e papéis, lápis e canetas, calculadoras e blocos de contar. Provavelmente havia em algum lugar uma bolinha de tênis, um chapéu de sol de tecido, que ela teria de encontrar para as tarefas externas, e um vaso de flores murchas que se equilibrava no topo de tudo aquilo. Ela nunca conseguia encontrar o que queria, e isso divertia as crianças o tempo todo.

— Nesta aula vamos compartilhar algumas coisas muito importantes. Mas, primeiro... alguém sabe há quanto tempo nossa escola existe?

Olive e Arthur se olharam e encolheram os ombros.

— Alguém? – disse a sra. March.

Um menino alto de orelhas grandes levantou a mão.

— Hum, não sei quantos anos ela tem, mas sei que ela é velha de verdade – disse ele.

— Como você sabe disso, Kyle? – disse a sra. March.

— Porque o sr. Briggs está dando aulas aqui há um tempão e deve estar com uns cem anos.

Os alunos caíram na risada, até que viram que a sra. March exibia um rosto inexpressivo, embora Olive tenha notado um sorrisinho no canto de sua boca.

— A Escola Fundamental de Cedar Hills, e não o sr. Briggs, está completando cem anos este ano – disse a sra. March.

As crianças sorriram e ergueram as sobrancelhas à menção de um número tão grande.

– Portanto – ela respirou fundo –, vamos ter uma festa de aniversário da escola no fim deste período.

Dessa vez, cumprimentos e aplausos encheram a sala. A sra. March esperou que se restabelecesse o silêncio.

– Como a escola é muito antiga, vamos estudar coisas antigas, as coisas antigas em nossas vidas e em nossas casas. No fim do ano, na festa de aniversário, vamos apresentá-las para a comunidade da escola.

Ela correu toda esvoaçante para um canto da sala.

– Agora, trouxe uma coisa para começarmos. – Seus olhos estavam arregalados, e sua voz era suave, como se ela estivesse compartilhando um segredo. – Ela é antiga, e é maravilhosa.

As crianças se ergueram um pouquinho das cadeiras para ver. A sra. March estava de pé ao lado de um objeto que estava apoiado na parede, coberto por um lençol. Olive nem havia notado que aquilo estava ali.

A professora agarrou o lençol, pronta para arrancá-lo e revelar a surpresa.

– Isto é de muito muito tempo atrás – ela disse. E, quando ergueu o lençol, as crianças suspiraram e sussurraram entre sorrisos.

– É uma bicicleta – declarou uma delas, como se os outros não tivessem percebido isso.

Mas não era uma bicicleta comum. Como a sra. March dissera, era antiga e maravilhosa.

– Foi um presente que ganhei de meu pai – ela disse –, que por sua vez o recebeu do pai dele. Isso significa que é muito, muito antiga.

As crianças foram convidadas a olhá-la mais de perto, a correr os dedos pelas rachaduras da pintura e a tocar os pontos de ferrugem como se fossem cordas de uma harpa.

– Nas próximas semanas, vamos compartilhar coisas como esta. – A sra. March tocou no guidão da bicicleta e olhou para ela com olhos vidrados. – Quero que vocês comecem a pensar em coisas que suas famílias possuem, coisas antigas e maravilhosas que fazem parte da história de suas vidas.

Olhando para a velha bicicleta, Olive soube exatamente o que queria trazer.

Lanche

Na hora do lanche, Olive e Arthur sentaram-se ao lado das quadras de handebol. Arthur fez uma careta diante de seu sanduíche de presunto e deu uma espiada na lancheira de Olive. Lá dentro havia um monte de potinhos coloridos, cada um contendo alguma coisa deliciosa: salada de frutas, iogurte batido e biscoitos amanteigados feitos em casa.

– Eu gostaria que seu avô fizesse o *meu* lanche – resmungou Arthur.

Olive sorriu e enfiou uma colherada de iogurte na boca do amigo.

O ELEFANTE

Arthur mordiscou a casca do seu sanduíche.

—Você sabe o que vou trazer? – disse ele. – Meu pai tem um instrumento muito antigo. Você aperta, e ele toca uns sons engraçados. Vou trazer isso.

Um pardal pousou à frente deles, bicou uma migalha e voou para longe.

– Eu quero trazer a minha *bike* – disse Olive. Seu rosto estava calmo, e seu olhar parecia distante. – Se meu pai algum dia conseguir consertar.

– Seu pai não conserta carros?

– Sim – ela disse. – Ele é bom em consertar coisas para todo mundo. Menos para mim.

Arthur jogou seu sanduíche de volta na lancheira e começou a dar mordidinhas na sua maçã.

– Hum, Olive – disse ele, escolhendo as palavras cuidadosamente. – Você pode me falar mais sobre o elefante?

Ela o encarou e olhou bem nos seus grandes olhos castanhos.

– Alguém mais o vê? – disse ele.

Ela deixou a colher parada no ar.

– Não. Só eu. – Sua voz estava cheia de uma calma admiração enquanto ela falava. –Veja, meu pai tem uma tristeza muito grande. Faz tempo que ele tem essa tristeza. E eu imagino que a tristeza é como um enorme elefante cinza que o segue por todo lado. É assim que eu vejo.

– Como um amigo imaginário?

– Um inimigo imaginário – ela disse.

Arthur deu uma mordida na maçã.

– E ele está lá todos os dias?

– O tempo todo – ela disse, e então não conseguiu parar. – Ele não consegue fazer nada quando o elefante está lá. É por isso que ele não prepara o meu lanche. É por isso que não corta a grama do jardim. E é por isso que nunca conserta a minha *bike*.

Depois disso, os dois amigos continuaram sentados em silêncio. A maioria das outras crianças tinha

O elefante

fechado suas lancheiras e corrido para o *playground* e para a pista oval como um bando de pássaros que de repente tivesse levantado voo.

Finalmente, Arthur se levantou.

– Sabe o que eu penso? – Ele segurou a maçã meio mordida como um microfone. – Seu pai não vai consertar sua *bike* enquanto você não consertar seu pai.

Olive esfregou o nariz.

– Como é que eu faço isso?

– Fácil – disse Arthur, mastigando outro pedaço da maçã. – Livre-se do elefante.

Ela riu, porque de repente percebeu três coisas muito importantes.

Arthur era esquisito.

Arthur estava certo.

Arthur era o melhor amigo do mundo.

A bicicleta

Mais tarde, no fim da aula, Olive ainda se demorava fora da classe quando as outras crianças já tinham ido embora. Ela bateu à porta e caminhou com todo o cuidado na direção da mesa da sra. March. Estava tudo muito quieto sem nenhuma criança na sala.

– Oi, Olive. – A sra. March remexeu na bagunça de sua mesa. – Estou procurando… Você viu se… Ah, deixe pra lá.

– Sra. March – disse Olive –, posso ver a bicicleta mais uma vez antes de ir?

O Elefante

A sra. March parou de remexer nos papéis e sorriu.
– Claro!

Olive se agachou diante da velha bicicleta. A corrente estava toda enferrujada. O selim não tinha mais nenhuma costura. A pintura estava toda lascada, mas ela podia ver que algum dia fora uma linda cor laranja escura. Com certeza estava velha e quebrada, mas devia ter sido maravilhosa quando era nova, quando estava viva. Era como olhar para um fóssil e imaginar a maravilhosa criatura que ele tinha sido.

E, o melhor de tudo, era exatamente como a sua *bike*.

Lado a lado

O avô esperava Olive na porta da escola. Estava usando seu velho chapéu de espantalho e levava sua mochila roxa pendurada no ombro. Olive sabia o que aquilo significava. Ela teria de andar depressa.

– Oi, vovô – ela disse, atirando seus braços em volta dele.

– Oi, querida.

– Para onde, hoje? – ela disse.

O avô baixou o rosto barbado para perto do dela.

– Segredo.

O ELEFANTE

Desde que se mudara, o avô se encarregava de todas as tarefas cotidianas, como preparar o lanche e fazer o jantar. Coisas desse tipo. Parecia gostar disso. De qualquer modo, o pai de Olive estava sempre muito ocupado trabalhando ou olhando pela janela da cozinha. O melhor de ter o avô por perto era que às vezes ele fazia coisas diferentes e não muito cotidianas. Como naquele dia. Era para isso que servia a mochila roxa. Sempre que a via, Olive sabia que o avô tinha planejado alguma coisa emocionante.

– Pode me dar uma pista? – disse ela, saltitando ao lado dele pela trilha.

– Não – ele disse.

– Pode me dizer se fica muito longe? – disse ela.

– Não muito longe.

Então Olive se lembrou de uma velha canção que ela e avô amavam. Chamava-se *Lado a lado*, e eles muitas vezes a cantavam quando voltavam da escola para casa.

— Quantos *Lado a lado* serão até chegar lá? – disse ela.

O avô pensou por um momento.

— Uns cinco, eu acho.

Eles começaram a cantar enquanto caminhavam. Durante todo o caminho, cada vez que cantavam uma vez inteira, Olive contava nos dedos. Depois da primeira vez, estavam uma quadra e meia distantes da escola. Depois da segunda, passaram pela loja que vendia seus *milk-shakes* favoritos.

E, depois que cantaram cinco vezes, chegaram ao campo oval de críquete.

— Ah – disse o avô. – Chegamos. Cinco vezes. Exatamente como pensei.

O rosto de Olive não mostrou nenhuma expressão quando ela olhou para o campo vazio.

— Críquete? – disse ela. – Vamos jogar críquete?

O avô se abanou com o chapéu de espantalho.

O ELEFANTE

– Não exatamente.

Eles atravessaram campo, pularam por cima de uma grade de metal e chegaram a uma colina toda gramada.

Então se sentaram.

Dali, podiam ver lá embaixo o campo e toda a cidade se estendendo diante deles. Olive não estava voando nas asas de um pássaro, mas tudo parecia muito pequeno.

– Eu costumava trazer sua mãe aqui quando ela tinha a sua idade – disse o avô.

Olive engoliu em seco. Sua garganta sempre ficava áspera quando o avô falava na mãe dela.

– Eu não sabia que mamãe jogava críquete – disse ela.

– Ela não jogava – disse o avô. – Só fazíamos isto.

Ele puxou uma folha de papel da mochila. Dobrou-a de um jeito. E depois de outro. Até que tinha nas mãos envelhecidas um aviãozinho de papel perfeito. Ele se levantou e atirou o aviãozinho.

O avião planou por sobre a grade em direção ao centro do campo, traçando uma linha reta no ar como um peixe disparando pelo mar. Voou sempre reto, muito tranquilo e ao mesmo tempo muito rápido, até que finalmente aterrissou perto do centro do campo de críquete.

O ELEFANTE

A boca de Olive parou aberta em um sorriso.
– Ele continuou sempre em frente – ela suspirou.
O avô sorriu e descansou a mão sobre a cabeça dela.
– É a sua vez – disse ele.
Juntos, eles dobraram uma folha de papel. Primeiro de um jeito. Depois do outro. E, por fim, Olive segurava na mão um lindo aviãozinho branco.

– Vá em frente – disse o avô. – Faça-o voar!

Olive se levantou e o fez planar acima do campo. Ele navegou em um arco suave e finalmente foi descansar a poucos metros do primeiro avião.

Ela riu diante da simples beleza de tudo – o papel branco, o elegante arco, o gramado verde e macio e, ao lado dela, a mochila roxa, o chapéu de palha dourada do avô, sob o guarda-chuva azul-claro do céu que abraçava toda a cidade.

Ela tentou imaginar a mãe ali, uma menina de pé sobre a colina. Suas mãos pequenas dobrando papel de um jeito e de outro e depois lançando um aviãozinho. Será que ela tinha pulado e rido como Olive naquela tarde?

Era difícil para ela imaginar a mãe tão criança.

Era difícil imaginar a mãe de qualquer modo.

A fotografia

Mais tarde, em casa, Olive estava deitada na sua cama. Freddie lutava com uma meia velha ao lado dela, atirando-a no ar e rolando pelo chão.

Ela alcançou uma foto emoldurada do lado do abajur.

Era a foto de seus pais.

Dos dois.

Na foto, o pai abraçava a mãe com uma das mãos e tinha a outra enfiada no bolso do *jeans*. Sorria tanto que quase não se conseguia ver seus olhos. Estavam quase fechados. Há muito tempo Olive não o via sorrir desse jeito, com os olhos apertados.

A mãe usava um chapéu branco que parecia prestes a voar justo no momento em que a foto foi tirada. Ela não estava olhando para a câmera. Olhava para o pai de Olive como se ele fosse mais importante do que tudo e existisse um oceano cheio de segredos que só eles partilhavam.

Um ano depois que a foto foi tirada, Olive chegou. E, um ano depois disso, a mãe se foi.

O ELEFANTE

Olive pousou a moldura no colo e pensou que imagem o pai teria agora. Nenhum sorriso. Nenhum oceano cheio de segredos. Só o pai e o elefante esmagado dentro da moldura.

Ela piscou para deixar cair uma lágrima e percebeu que Freddie estava aos seus pés. De cabeça baixa, enterrada no cobertor da cama, ele rosnava como sempre fazia quando sabia que Olive estava triste.

Debaixo da cama

*T*oc, toc.

Era o avô batendo à porta de Olive.

– Tudo bem? – disse ele.

Ela o deixou entrar, e Freddie fugiu para baixo da cama. O avô percebeu a foto na mão de Olive.

– Precisando se animar? – disse ele.

Ela fez que sim.

– Então me conte o que aconteceu na escola hoje.

Aí, ela lhe contou que precisava encontrar uma coisa antiga e maravilhosa para mostrar à classe.

– Quero levar minha *bike* – disse ela.

– Ah – disse o avô.

Ele acenou com a cabeça lentamente. Olive sabia que a bicicleta também era especial para ele.

– É a velha bicicleta de sua mãe – disse ele. – Uma coisa linda.

– Eu sei – disse ela, torcendo a ponta do cobertor. – Mas papai ainda não a consertou. Levou para a oficina e desde então nunca mais a vi.

– Bem – disse o avô. Seus olhos grandes brilhavam. – Tenho outra coisa de que você pode gostar.

A máquina de escrever

Ela ficava em uma mesa de madeira bruta na frente da casa, em uma sala que chamavam de marquise. Era preta com manchas de ferrugem. As teclas eram pequenas, brilhantes e redondas, como pires empoleirados em braços de metal. Tudo o que a gente precisava fazer era apertar uma das teclas, e um martelinho de metal subia e batia na fita de tinta, imprimindo essa letra na página. Tudo isso acontecia com uns alegres barulhinhos mecânicos, e o som predileto de Olive era o sino que soava quando a gente chegava perto da borda direita da página, perto do final da linha.

Ding!, ele dizia. *Você está saindo do espaço!*

Tudo o que ela sabia sobre a máquina de escrever era que ela pertencera ao avô pela maior parte da vida dele. Agora estava prestes a descobrir mais.

– Esta máquina de escrever me ajudou a ficar perto de sua mãe – disse o avô com um olhar distante.

– O que você quer dizer com isso, vovô? – disse ela.

– Bem, sua mãe adorava poesia. Quando ela ficou adulta e saiu de casa, eu datilografava seus poemas favoritos e os mandava para ela. Poderia ter comprado

um livro de poemas, mas era especial datilografá-los na máquina de escrever. Ela sabia que eu os tinha lido e escrito. Era algo que partilhávamos.

Olive correu os dedos pelas teclas e então notou que o avô enxugava os olhos com um lenço. Ela subiu no seu colo e passou os braços em volta dele, apertando-o com força.

Jantar

No jantar, Olive se sentou de frente para o pai e o elefante. As palavras de Arthur ainda estavam na sua cabeça. *Seu pai não vai consertar sua* bike *enquanto você não consertar seu pai.* Mas Olive não sabia por onde começar. Seu melhor plano era falar, conversar com ele sobre as coisas antigas e maravilhosas e explicar por que ela precisava muito da sua bicicleta agora.

– Quantos carros você consertou hoje? – ela disse.

O ELEFANTE

O pai mastigou bem devagar.

– Só um – ele disse – e meio.

Mais mastigações.

Olive tentou de novo.

– A sra. March nos mostrou uma bicicleta hoje – disse ela.

Dessa vez ele olhou por cima do prato.

– Era muito, muito antiga – disse ela. – Estava enferrujada e com a pintura descascada, mas ainda era maravilhosa.

Ele assentiu e então baixou a cabeça e continuou mastigando.

Mais uma tentativa.

– Temos que levar algo antigo e maravilhoso para a escola – disse ela.

Ela olhou para o avô. Ele ergueu as sobrancelhas e fez sinal para ela continuar.

– Eu queria muito levar a minha *bike*, a velha bicicleta da mamãe.

O pai descansou o garfo no prato.

—Você ainda está consertando? – disse ela.

O pai apoiou o queixo na mão e olhou para ela.

Olive esperou que ele dissesse alguma coisa. Esperou que falasse sobre a bicicleta, sobre a forma do quadro, a cor do selim.

Esperou que o pai olhasse para ela como se existissem segredos que só eles compartilhavam. Se não um oceano, pelo menos uma xícara cheia.

Esperou que o elefante cinza e sujo pegasse seu chapéu, pedisse desculpas e desaparecesse no meio da noite.

Em vez disso, o pai não disse nada e voltou ao seu jantar. E o elefante respirou fundo.

Olive sentiu Freddie cutucar seu pé sob a mesa. Ela afagou sua cabeça peluda e se lembrou de outro conselho que Arthur havia lhe dado.

Livre-se do elefante.

Então sussurrou para Freddie de um jeito que só ele podia ouvir:

— Como fazer isso?

A sanfona

Dias depois, a sra. March sentou-se à ponta de sua mesa abarrotada.

– Bem, crianças – disse ela –, antes de apresentarmos nossas coisas antigas e maravilhosas no aniversário da escola, vamos mostrá-las em turnos para a nossa classe. Portanto, gostaria de anotar o que vocês estão pretendendo trazer.

Um por um, os alunos foram citando suas coisas importantes.

Um telefone antigo.

Um regador.

Um binóculo.

Um mapa do tesouro. (A sra. March levantou uma sobrancelha, mas acabou anotando.)

Chegou a vez de Olive.

– Uma *bike*. – Ela baixou os olhos e coçou o joelho. – Espero.

A sra. March continuou com Arthur.

– Bem – disse ele, atrapalhando-se com alguma coisa sob a mesa –, eu a trouxe comigo hoje.

Antes que a sra. March pudesse dizer qualquer coisa, Arthur estava de pé diante da classe. Segurava uma coisa na forma de caixa de lados hexagonais, tendo na frente a imagem do personagem Pateta, como se estivesse mostrando um irmãozinho bebê. Ele limpou a garganta mais alto do que o necessário. Um murmúrio de risinhos varreu a sala.

– Isto é uma sanfona – ele anunciou, segurando-a de modo que todos pudessem vê-la. – É uma caixa, e a gente a aperta.

O ELEFANTE

Houve outro alvoroço de risadinhas.

Arthur pressionou alguns botões do lado da caixa e apertou-a para dentro e para fora. Um barulho estridente e instável explodiu na sala. Soava como um coro trêmulo de buzinas de carros quebradas, e os risinhos das crianças transformaram-se em guinchos de risadas.

Alguns caíram das cadeiras, ou fingiram cair. Outros, como Olive, quase perderam o fôlego, gargalhando, bufando e batendo na mesa. Arthur continuou tocando, rindo também, mas fechando os olhos para parecer sério.

– Muito bom, Arthur. – A sra. March pediu silêncio, embora também estivesse corada e sem fôlego. – O que você pode nos contar sobre isso?

– É do meu pai – disse ele. – Na verdade, é da minha avó. Ela costumava tocar em festas, eu acho, mas quase não toca mais.

– Por que não? – alguém gritou.

Arthur examinou cada uma das crianças com seus olhos castanho-escuros, como se a resposta pudesse estar escrita no rosto de uma delas.

– Hum – disse ele –, talvez ela não vá mais a festas.

Então ele deu um toque final na sanfona, e a classe voltou a fazer barulho.

O livro

—Foi fantástico – disse Olive a Arthur quando ele escorregou de volta para a sua mesa. – Quer dizer, você tocou mal, mas foi ótimo.

Arthur riu quando enfiou o instrumento de volta em seu estojo.

Chegou o momento da leitura silenciosa. Olive pegou um livro em sua mesa e começou a folhear as páginas. A sra. March insistiu no silêncio, mas a maioria das crianças ainda continuava conversando baixinho, porque ela vivia debaixo da mesa procurando alguma coisa.

– Seu pai já consertou sua *bike*? – sussurrou Arthur, voltando-se para Olive.

Ela balançou a cabeça.

– O elefante continua lá?

Ela fez que sim.

Arthur deu uma olhada por cima do ombro e depois tirou da mesa o maior livro que Olive já tinha visto. Ele o levantou para que ela pudesse ler o título.

O grande livro dos elefantes.

O ELEFANTE

Ele colocou o livro sobre a mesa. Olive tentou ler seu livro, mas seus olhos não paravam de ir e voltar na direção de Arthur. Ele virou uma página e murmurou para que ela pudesse ouvir o que ele lia, sem tirar os olhos do livro. Sua voz borbulhava de energia.

– "Os elefantes são os maiores mamíferos terrestres do mundo. Eles não param de crescer durante a vida toda, chegando a quatro metros de altura e a dez toneladas."

Olive engoliu em seco. Sua garganta doeu. O elefante do pai ficaria ainda maior.

–"Os elefantes podem viver setenta anos"– continuou Arthur.

Ela enterrou a cabeça nas mãos. O elefante ficaria lá para sempre.

Arthur continuou lendo e sussurrando. A cada informação, sugeria uma maneira de Olive se livrar do elefante.

–"Os elefantes comem casca de árvores, grama e folhas"– disse ele. – Por que você não tenta expulsá-lo da casa com um enorme suco de galhos?

Ela sorriu diante dessa ideia.

– "Eles gostam de banhos de lama"– disse Arthur.

– Você poderia empurrá-lo naquele pântano atrás da escola.

Ela deu uma risadinha.

– Eu sei! – ele declarou, esquecendo que deveria estar sussurrando.

O ELEFANTE

A sra. March espreitou-o de trás de uma estante. Arthur esperou que ela se afastasse.

— Por que você não se veste de leão? Os leões, às vezes, atacam os elefantes quando estão realmente famintos.

Olive riu, imaginando-se com uma juba toda emaranhada e garras afiadas, saltando diante do pai.

— Isso surpreenderia definitivamente meu pai – disse –, mas, quanto ao elefante, não tenho tanta certeza.

— Eu sei – disse ele com um dar de ombros, e Olive percebeu que ele tinha entendido. Se fosse qualquer elefante velho, aquelas ideias poderiam funcionar.

Mas o elefante do pai era diferente.

Ele não comia folhas.

Ele não tomava banhos de lama.

E, enquanto o pai dela estivesse triste, nada realmente o assustaria.

A pomba

Naquela tarde, Olive correu para o portão e abraçou o avô. Ele trazia sua mochila roxa de novo, e Olive lhe perguntou para onde iriam dessa vez. Ele se recusou a dar a ela alguma pista e a cantar *Lado a lado*. Olive a cantou mentalmente em segredo e, depois de oito vezes e meia, eles pararam na entrada de um bosque. Em uma placa lia-se "Reserva Natural de Cedar Hills", e Olive percebeu que já havia estado ali antes, em uma excursão da escola. Tudo de que ela se lembrava daquele dia, porém, eram um lagarto-monitor que tinha subido em uma árvore e um menino chamado Tyler que levara uma mordida de sanguessuga na perna.

O ELEFANTE

De mãos dadas, Olive e o avô entraram na reserva. A terra estava úmida sob seus pés, e Olive aspirou o doce perfume das folhas mortas e dos ramos caídos. Passarinhos gorjeavam e piavam em algum lugar entre as árvores, mas Olive não podia vê-los. O avô deixou o chapéu escorregar e ficar pendurado nas costas. Olive notou que a cabeça dele não parava de se mexer, observando a copa das árvores, estudando a vegetação rasteira, como se seus olhos fossem câmeras tentando captar cada detalhe do local. Ela começou a fazer o mesmo, sem saber o que procurava, mas na esperança de ver alguma coisa.

Continuaram caminhando, seguindo a trilha aberta entre as árvores. Podiam estar em qualquer lugar do mundo, perdidos em um túnel de ramos e folhas. A escola, a cidade, o elefante – tudo estava tão distante!

Escondida no bosque com o avô ao seu lado, Olive se sentiu segura.

O avô parou.

Ela fez o mesmo.

Ele pôs um dedo nos lábios, sinalizando silêncio, mas seus olhos estavam fixos em outra coisa lá no alto. Em câmera lenta, ele pegou a mochila, abriu o zíper, tirou lá de dentro um binóculo e apontou-o para o topo das árvores. Alguns segundos depois, em seu rosto envelhecido surgiu o vinco de um sorriso.

– Olive – ele sussurrou, sempre olhando pelo binóculo –, você sabe como são as pombas?

– Sim – disse ela. – Pequenas e cinzentas. Papai as chama de ratos com asas. São horrorosas.

O avô se agachou e lhe passou o binóculo. Apontou para cima, para um ramo muito alto em meio às folhas pendentes.

– Ali – ele disse.

Olive olhou através das lentes e só viu verde. Então algo se mexeu. Ela focou nesse ponto e esperou. A coisa se mexeu de novo, e ela viu claramente o que era. Um pássaro, corpulento, com o pescoço fino, olhos que pareciam contas e as mais lindas cores que ela já vira – uma riqueza de verdes, amarelos dourados e, na barriga, um surpreendente e profundo roxo.

– Que pássaro é esse? – perguntou.

– Uma pomba – disse o avô.

– Mas... é tão grande! – disse ela. – E linda.

– Eu sei – disse o avô. – É chamada de pomba-das-frutas-magnífica. – E então lhe deu um tapinha no ombro. – Lembre-se: nem todas são cinzentas.

Ainda boquiaberta, ela concordou.

Filmes antigos

Semanas se passaram e nada mudou. Todas as tardes, Olive via o pai desamparado, com o elefante pesadão ao lado dele. Todo dia ele fazia a mesma coisa. Colocava a carteira em cima da geladeira. Bebia um copo de água. Beijava-a na cabeça.

O elefante o seguia, sem nenhum som.

Isso fazia Olive se lembrar dos filmes antigos, aqueles que o avô lhe mostrara – em preto e branco. E mudos.

Alguns dias, ela perguntava ao pai sobre a *bike*. Outros dias, falava de outras coisas – qualquer coisa. Mas, na maioria dos dias, não dizia nada.

O ELEFANTE

Observava a rotina do pai – carteira, água, beijo – e corria com Freddie para fora.

As partes coloridas

Olive brincava no pula-pula, aterrissando sobre os joelhos, de novo sobre os pés, então de barriga. Pés, costas, joelhos, pés.

Pulava cada vez mais alto, estendendo os braços para alcançar as flores do jacarandá que pendiam lá de cima. Quando pulava a essa altura, podia ver uma plantinha crescendo na calha do telhado. Ela a tinha visto na semana anterior, mas prometera a si mesma não falar disso com ninguém, para que não a arrancassem.

O ELEFANTE

Ela desceu do pula-pula, vestiu o capacete e subiu no jacarandá. Mais uma vez, foi para os ramos mais altos, para seu posto do pensamento.

Viu lá embaixo o quintal, em seu mundo, e pensou na mãe. Como o avô sempre dizia que a mãe olhava os dois lá de cima, ele ficou pensando se era isso o que ela via.

O círculo do pula-pula.

O retângulo do quintal, colorido de verde.

A mancha desajeitada de Freddie esticado no gramado sob a árvore.

Tudo parecia limpo e colorido lá de cima, mas a vida era um pouco mais cinzenta e desarrumada lá embaixo, quando ela descia da árvore e dividia a casa com um elefante.

Ela esperava que a mãe só pudesse ver as coisas lá de cima. E só as partes coloridas.

A vitrola

Uma noite, o avô sentou-se na cama de Olive enquanto ela rabiscava pensamentos em um bloco de desenho.

– Preciso levar minha coisa antiga para a escola na próxima semana – disse ela.

O avô deu uma espiada no bloco de desenho. Ali havia imagens de pássaros, de um elefante e de flores roxas. Uma bicicleta estava desenhada no centro da página.

– Continua sem conserto? – disse ele.

Olive balançou a cabeça e começou a apagar seus desenhos. Ela arrastou a borracha pela página até cortar o elefante ao meio.

– Se fosse assim tão fácil!

– Venha ver, então – disse o avô, esfregando uma mão na outra. – Tenho outra coisa de que você pode gostar.

Era uma robusta caixa marrom com botões, *dials* e uma tampa de plástico móvel. Debaixo da tampa via-se uma plataforma redonda, um círculo perfeito mais ou menos do tamanho do relógio que havia na classe de Olive. Ao lado do círculo havia um braço

curvo com uma agulha na ponta. Olive viu o avô tirar um disco preto e redondo de uma capa de plástico. Era um disco de vinil e que parecia poder ser usado como um *frisbee*. O avô olhou os dois lados do disco como se estivesse se vendo em um espelho, colocou-o sobre a plataforma redonda e levantou o braço curvo. Ele segurou o braço com todo o cuidado entre os dedos, e a agulha flutuou sobre o disco giratório. Então, suavemente, ele baixou a agulha.

Ouviu-se um leve chiado quando a agulha pousou no disco e, momentos depois, música.

Lindos sons encheram a salinha do avô: violinos, clarinetas e um tilintante piano.

As melodias flutuaram e dançaram em volta de Olive, e a sala pareceu mais brilhante e mais colorida. A minúscula agulha seguiu seu caminho pelo disco, e logo uma voz juntou-se à música. Uma voz feminina, doce e suave.

Olive sentou-se de pernas cruzadas diante da vitrola, olhando a agulha e ouvindo as palavras que se derramavam dos alto-falantes.

De repente, seu rosto se irradiou e ela encontrou o olhar do avô.

Os olhos dele cintilavam.

– Eu conheço essa música! – ela anunciou. – É *Lado a lado*!

E era. Um pouco mais lenta do que quando ela e o avô a cantavam, mas as palavras eram as mesmas. Ela cantarolou junto com a música e, quando a canção terminou, pediu-lhe para tocar o disco de novo. E de novo. E de novo.

De ponta-cabeça

Olive e Arthur estavam no *playground*, pendurados de cabeça para baixo na barra de macaco.

– Quando será sua vez de trazer alguma coisa para a escola? – Os braços e os cabelos encaracolados de Arthur caíam em direção ao chão.

– Daqui a alguns dias – ela disse, balançando os braços.

– A *bike*... – disse Arthur. – Seu pai...

Ele nem precisou terminar. Mesmo estando de ponta-cabeça, o rosto dela disse tudo.

O ELEFANTE

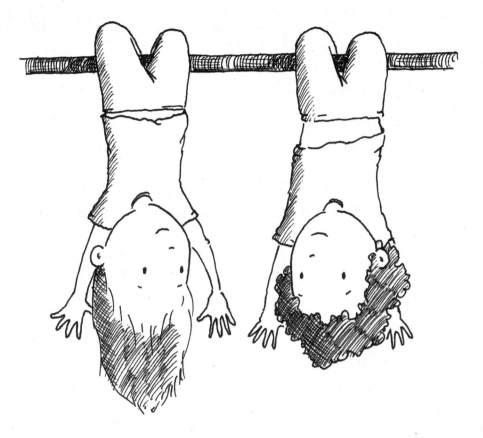

– O que você vai trazer? – disse ele. – Você tem outra coisa?

– Bem – disse ela –, meu avô tem um montão de coisas... uma vitrola.

– Uma o quê?

– Uma vitrola. Ela toca música. E ele tem uma máquina de escrever.

– Uma o quê?

– Uma máquina de escrever. É usada para escrever letras, histórias ou qualquer outra coisa.

Arthur acenou com a cabeça, o que era um pouco difícil naquela posição.

– Então, qual das duas? – disse ele. – A vitrola ou a máquina de escrever?

Olive deu de ombros, o que era ainda mais difícil do que acenar com a cabeça.

– Nenhuma das duas – disse ela. – Elas são especiais para o meu avô. Quero trazer alguma coisa especial para mim.

Arthur segurou na barra e subiu para se sentar em cima dela. Olive fez o mesmo. Acima deles, os ramos e as folhas de gigantescas árvores frondosas balançavam e se sobrepunham. Pedacinhos do céu claro apareciam e desapareciam entre as folhas. Pareciam minúsculas estrelas diurnas.

– Há uma árvore enorme no nosso quintal – disse Olive. – Talvez essa pudesse ser minha coisa antiga e maravilhosa.

Arthur olhou para ela e então caiu na gargalhada.

– Uma árvore? Como você vai trazer isso para a escola?

Olive também riu. Ele estava certo. Como poderia levar o jacarandá para a escola?

Mas então teve uma ideia.

A câmera fotográfica

Havia só uma câmera na casa, e ela pertencia ao pai de Olive. Para usá-la havia regras estritas, mas para Olive já passara o tempo de cumprir regras. Assim sendo, naquela tarde ela esperou que o avô se distraísse em um jogo de palavras cruzadas e, na ponta dos pés, entrou no quarto do pai. Ela engatinhou até a estante onde ficava a câmera. Quando a alcançou, a pequena coleção de outras coisas na estante atraiu seu olhar.

Um livro velho de páginas amareladas.

Um punhado de moedas de prata.

O ELEFANTE

E duas fotos. Ambas da mãe. Na primeira, a mãe estava sentada em uma mesa ao ar livre com uma taça na mão e sorrindo para a câmera.

Na outra a mãe segurava a Olive bebê quase do mesmo jeito que Arthur tinha segurado a sanfona diante da classe.

Era tudo. Não havia fotos de Olive com o uniforme da escola, ou saltando no pula-pula, ou pedalando a sua *bike*. Era como se o pai só quisesse lembrar coisas que ela não podia lembrar – a mãe e o oceano cheio de segredos. Ele tinha ficado preso naquela época, e desde então sua vida tinha se tornado um enorme elefante.

Ela agarrou a câmera e escapou do quarto. Freddie a seguiu, balançando o longo rabinho.

– Vovô – ela chamou –, estou indo lá para o quintal.

– Tudo bem – disse ele –, mas tenha cuidado. Está ventando um pouco lá fora. E pegue seu capacete se for escalar...

A porta dos fundos bateu. Ela já tinha saído.

A árvore

Olive ficou de pé no gramado e apontou a câmera para o jacarandá. Se não podia levar a árvore para a escola, aquela seria a segunda melhor opção. Ela apertou o botão e bateu a foto. Então, outra. Depois verificou as imagens. A árvore coubera exatamente na moldura. Era bonita, claro, mas parecia tão pequena e tão distante naquele pequeno retângulo do visor!

Ela bateu mais fotos, fez *closes* das flores e do tronco cheio de pequenas manchas. Ela jogou a cabeça para trás, olhou para cima e tirou fotos dos ramos retorcidos que se estendiam para o céu. Apontou a câmera para baixo e capturou as raízes nodosas que se curvavam e se arrastavam pelo gramado, rastejando para longe do tronco. As cores saltavam de volta para ela através da pequena tela: a grama verde, o tronco acastanhado, o suave lilás das flores.

Seu rosto também estava cheio de cor quando ela dançava pelo gramado com a câmera, captando as diferentes partes da imensa árvore, todos os maravilhosos pedacinhos que se combinavam para formar aquela coisa enorme que dominava o quintal.

Então ela começou a subir.

O ELEFANTE

Se queria mostrar à sra. March e à classe como aquela árvore era grande, antiga e maravilhosa, não bastava mostrar como ela parecia, mas como a gente se sentia quando se sentava nos ramos mais altos e se perdia naquelas nuvens aveludadas de flores de jacarandá.

Olive chegou ao seu posto do pensamento e olhou para baixo. Soltou os braços dos ramos e segurou a câmera à sua frente.

Uma brisa soprou.

Os ramos balançaram.

E Olive caiu.

Preto

Ela sentiu a pancada quando aterrissou no gramado.
Ela tossia e arfava como um carro com defeito.
O céu girava sobre ela.
Os ramos se retorciam.
Freddie choramingava e lambia o seu rosto.

Então tudo ficou preto.

Uma voz

— Olive, está acordada?

Era uma voz rouca e profunda.

– Olive.

Olive abriu os olhos.

Formas embaçadas.

Difusas bolhas de cor.

Estava debaixo da água?

Ela piscou, e seus olhos começaram a clarear. Estava no quarto. Na cama. Mas tudo girava à sua volta – as paredes, as janelas.

– Olive – disse uma voz velha e cansada. – Sou eu.

Ela se voltou para a voz e viu alguém ou alguma coisa.

Ignorou o papel de parede oscilante e focalizou uma coisa à sua frente, a dona da voz.

Então ela a viu. Uma tartaruga. Uma enorme tartaruga cinza e triste, de olhos úmidos.

– Olive – ela disse. – Pode me ouvir?

Então Olive fechou os olhos e voltou a dormir.

Despertar

O live sentiu o cheiro de torrada, ouviu o doce canto de um pássaro distante e acordou.

O sol da manhã vazava pelas cortinas, aquecendo os pés da cama.

Há quanto tempo havia caído? Um dia? Uma semana?

Ela se ergueu, apoiou-se nos cotovelos e olhou em volta. As paredes já não se moviam. Tudo estava parado.

E ali estava a tartaruga, com um olhar murcho em sua cara cinzenta e velha. Ao lado dela estava o avô, com uma xícara de café em uma mão e uma fatia de torrada na outra. À luz da manhã, ele de repente parecia muito,

muito velho. Ele desistiu da torrada e apressou-se em envolvê-la em seus braços de espantalho.

– Sinto muito – disse ele. Aquela velha voz pertencia a ele, e não à tartaruga. Olive sentiu que o avô estremecia quando falou entre soluços.

O ELEFANTE

– Estava ventando muito. Eu deveria ter lhe dado seu capacete. Deveria tê-la impedido.

Eles se deram um abraço apertado.

– Estou bem, vovô – disse ela. – Estou bem.

– Foi só quando… – Ele fungou. – … encontrei você no chão… eu pensei… – Ele engoliu em seco. – Foi como perder sua mãe de novo.

Olive o apertou com mais força do que com qualquer outra pessoa. Olhou fixamente para a grande tartaruga cinza no canto do quarto e entendeu tudo perfeitamente.

O avô tinha uma tristeza toda sua.

Uma tristeza pesada como uma tartaruga.

E era sua culpa.

Papel amassado

Quando o pai chegou em casa, deu uma espiada no quarto de Olive e encontrou-a sentada no chão, cercada por bolas de papel amassado.

– Você acordou – disse ele. – Como está se sentindo?

Olive forçou um sorriso.

– Eu gostaria de lembrar como fazer um aviãozinho de papel.

Ele sentou-se no chão ao lado dela. O elefante se espremeu no quarto.

– O médico veio – disse ele. – Você teve uma concussão. Só precisa descansar mais um pouco e ficará bem.

– Tudo bem. – Ela acenou com a cabeça.

– Posso pegar um pouco deste papel? – disse o pai.

Olive lhe estendeu uma folha e ficou observando o pai dobrar o papel de um jeito. E do outro. E depois do primeiro jeito de novo.

Mas tudo o que ele fez foi uma bagunça de papel dobrado.

– O vovô está muito triste, não está? – perguntou Olive.

O pai confirmou com um aceno de cabeça.

– Sei que é por minha causa – ela disse. – Porque eu caí da árvore. Isso o fez se lembrar da mamãe.

O pai dobrou e desdobrou o papel em suas mãos, que parecia tão pequeno naquelas mãos grandes, acostumadas a consertar carros, e não a dobrar papel.

– O mais importante é que você está bem – disse ele. – E não se preocupe com seu avô. Ele vai ficar bem.

O ELEFANTE

Olive arremessou e apanhou uma bola de papel. Arremessou de novo, mas dessa vez ela pousou no Freddie e o acordou.

– Bem, ele não pode andar por aí com essa tartaruga enorme pelo resto da vida.

Espere.

Ela havia dito aquilo alto?

O pai lhe lançou um olhar intrigado.

Sim, ela tinha dito aquilo alto.

– Tartaruga? – ele disse. – Que tartaruga? Você está se sentindo bem?

Olive corou.

– Hum, acho que sim. – Ela desejou poder engolir suas palavras. – É só... eu acho... que gostaria de poder fazer alguma coisa.

O pai se levantou. Parecia ter esquecido a tartaruga.

– Sei que você deseja ajudar – disse ele –, mas é difícil mudar a maneira como as pessoas se sentem.

Ela sabia disso. Claro que sabia. Via o pai arrastar aquele elefante miserável por aí há tanto tempo e nada ia mudar isso. Mas o avô era diferente. O avô atirava aviõezinhos de papel no campo de críquete. Descobria lindos pássaros escondidos no bosque. Enchia seus dias de cor.

– Ele é o melhor espantalho do mundo! – Ah, não! As palavras tinham escapado novamente.

O pai a olhou como se houvesse alguma coisa errada.

– Acho melhor pular de volta para a cama – ele disse.

Olive subiu na cama e escorregou debaixo dos lençóis.

– E lembre-se: não se preocupe com seu avô.

Mas Olive estava preocupada. Ele não deveria estar preso a uma tartaruga.

Ela tinha que pensar em algo.

A foto

— James trouxe uma máquina de costura – sussurrou Arthur durante a leitura silenciosa.

Suas palavras saíam tão rápido que pareciam estar se perseguindo umas às outras para fora da boca.

— Reyna trouxe o velho relógio do pai. Alguém trouxe uma pasta escolar de uns cem anos atrás. Acho que foi Ella. Só que não é de fato uma pasta. É mais uma mala de viagem. Imagine trazer uma mala para a escola todos os dias.

Era o primeiro dia de Olive na escola desde seu acidente. Ela estivera afastada por uma semana inteira, de modo que Arthur estava lhe falando sobre todas as coisas antigas e maravilhosas que ela tinha perdido.

— A melhor foi a do Sam. Ele trouxe um bandolim. É um violão pequeno de oito cordas. Quem dera eu pudesse trazer minha avó para tocar sanfona.

Quando a leitura silenciosa terminou, a sra. March foi para a frente da sala. Era o momento de compartilhar mais coisas antigas e maravilhosas.

— Olive — ela disse —, é adorável ter você de volta. Está se sentindo melhor, espero.

— Sim, sra. March — disse Olive com um grunhido, afundando na cadeira. Pelo menos as palavras já não lhe escapavam da boca.

— Você vai trazer uma bicicleta antiga. Ela está aqui?

Olive observou que os cachos cor de laranja da professora viravam para dentro e para fora. Seus brincos de bambolê dançavam, e seu colar tilintava suavemente.

O ELEFANTE

– Não – disse ela, roendo uma unha. – Meu pai não a consertou. Eu ia trazer minha árvore, mas...

O rosto da sra. March ficou muito quieto. Tudo descansou: os cabelos, as bijuterias. E sua voz soou gentil e direta quando ela falou, como se Olive fosse a única outra pessoa na sala.

– Está bem – disse ela. – Certamente você terá alguma coisa pronta para a festa.

Olive sentou-se um pouco mais ereta e fez que sim com a cabeça. Arthur lhe deu um sorriso de melhor amigo e seus olhos brilharam.

Ele tinha *O grande livro dos elefantes* em sua mesa desde a hora da leitura silenciosa. Olive pôde ver a foto de um elefante gigantesco arrastando-se por uma trilha poeirenta com um filhote ao lado. Suas sombras eram compridas e escuras, mas eles não pareciam tristes. Havia algo perfeito e pacato naquela foto. Era assimétrica, mas, ao mesmo tempo, bela. Um elefante cansado e sábio; o outro jovem e cheio de confiança.

Quando o resto da classe começou a arrumar suas coisas, Olive não se moveu. Seu olhar continuava fixo na foto.

Uma ideia

Mais tarde, naquele dia, Olive e Arthur estavam de novo de cabeça para baixo na barra de macaco. Olive deixou as mãos penduradas de modo que quase tocavam o chão. Ela fechou os olhos. Os pensamentos davam cambalhotas na sua cabeça, batendo e rolando uns sobre os outros: o elefante, a tartaruga e a foto do grande livro do Arthur.

Como frágeis peças de barro, esses pensamentos rolaram de um lado para o outro e então surgiram juntos para formar uma ideia, grande, ousada e excitante.

— Estive pensando sobre minha coisa antiga e maravilhosa. Ainda não tenho nenhuma, mas preciso levar alguma coisa para a festa de aniversário da escola.

— Você não vai trazer aquela árvore, vai?

Ela riu.

— Não. Pensei em outra coisa. Mas preciso de sua ajuda.

— Tudo bem.

— Bem, principalmente da ajuda da sua avó.

Ele apertou os olhos.

— Minha avó?

— Preciso dela na festa. — Olive cruzou os braços e acenou com a cabeça. — Você não disse que ela não tem ido a festas?

Arthur coçou a cabeça e deu um sorrisinho irônico.

— Isso tem alguma coisa que ver com a sanfona? — ele disse.

Ela fez um sinal de positivo com o polegar, que parecia como um polegar para baixo quando você estava de cabeça para baixo, mas ele sabia o que ela queria dizer.

Feliz aniversário

Chegou a noite da festa.

Quando o sol mergulhou na cidade e as estrelas surgiram no céu, centenas de crianças e suas famílias se afunilaram na entrada da Escola Fundamental de Cedar Hills. Balões voavam para fora das salas de aula, bandeirolas eram agitadas ao redor dos prédios, e luzinhas coloridas brilhavam ao longo de todos os caminhos. Havia enormes placas de FELIZ ANIVERSÁRIO nas paredes, e muitos dos professores e alunos vestiam roupas de época: boinas e cartolas e reluzentes gravatas-borboletas.

Olive entrou apressada pelo portão com o avô e a tartaruga dele. O pai estaria trabalhando até tarde e não viria. Ela apontava os enfeites enquanto caminhavam, mas o avô só olhou para cima uma ou duas vezes. A tartaruga o atrasava. As cores e as luzes passavam por ele sem que as notasse.

O ELEFANTE

Entraram no salão, onde a banda da escola tocava enquanto todos procuravam seus lugares. O avô se ajeitou em uma das pequenas cadeiras de plástico. A tartaruga se jogou ao lado dele. Olive abraçou o avô e foi se juntar à sua turma perto do salão. Ela se sentou ao lado de Arthur.

– Alguém mais sabe o que você vai fazer? – ele disse, com os olhos castanho-escuros arregalados.

Ela tentou esconder um sorriso.

— Nem a sra. March — disse ela. — Sua avó está pronta?

Arthur apontou para uma senhora sentada fora da luz, ao lado do palco, com uma sanfona no colo.

— Nunca a vi tão animada — ele disse.

A noite começou com uma fila de pessoas aparentemente importantes, que falaram coisas que soavam importantes. Algumas falaram perto demais do microfone, de modo que as crianças taparam os ouvidos. Outras se esqueceram de ligar o microfone.

As pessoas aparentemente importantes se sentaram, e chegou o momento das apresentações dos alunos. Os mais jovens foram os primeiros, atrapalhando-se no palco, para diversão da plateia.

Então a classe de Olive foi chamada.

Ela sentiu o coração bater forte dentro do peito.

Uma coisa antiga e maravilhosa

As crianças formaram uma fileira no palco, e Olive era a última da fila. Um de cada vez, cada estudante dava um passo à frente sob o refletor e falava sobre sua coisa antiga e maravilhosa.

Uma raquete de tênis.

Um relógio de pulso extravagante.

Uma prancha de *skate* muito fininha.

Chegou a vez de Arthur, e, em vez da sanfona, ele mostrou um livro velho se desfazendo nas bordas. O que ele disse sobre o livro fez a plateia rir, mas Olive quase não ouviu. Tudo que ela conseguia ouvir era a batida de seu coração.

Seu corpo tremia. Seus dentes batiam.

Ela não sabia ao certo se conseguiria fazer aquilo.

Olhou para o lado e notou uma porta aberta para a pista oval.

Podia fugir. Sair porta afora, atravessar a pista e correr para casa para encontrar Freddie.

– Olive – sussurrou alguém. Era a sra. March agachada na frente do palco – É sua vez.

Olive se colocou sob o refletor. Ouviu-se um som, uma doce melodia que parecia estar se aproximando. Toda a plateia virou o rosto para o canto do palco quando a avó de Arthur surgiu, caminhando calmamente para se juntar às crianças. Um sorriso reluzente se abriu em seu rosto enquanto embalava nos braços seu instrumento e apertava os botões, abrindo e fechando a sanfona. O salão se encheu de lindos acordes. Era

O ELEFANTE

difícil acreditar que aquele era o mesmo instrumento que Arthur buzinara algumas semanas antes.

O microfone tremia na mão de Olive.

— Esta é uma canção que meu avô me ensinou — disse ela.

A avó de Arthur se colocou ao lado dela, tocando a melodia na sanfona.

Olive começou a cantar.

Era uma musiquinha antiga e maravilhosa.

Lado a lado.

Outra coisa antiga e maravilhosa

A cada verso da canção, a voz de Olive soava mais forte e mais alto. Sua mão parou de tremer. Seus joelhos pararam de bater um contra o outro. Enquanto cantava, ela notou todas as pequenas coisas que acontecem em uma plateia quando as pessoas se divertem: suas mãos batem o ritmo, seus corpos balançam de um lado para o outro, seus olhos brilham como minúsculas gotas de chuva na escuridão.

Perto do verso final, Arthur se colocou de repente do lado dela, e cantaram juntos como velhos marinheiros no meio do mar. Ele passou o braço em volta do ombro dela e fingiu conhecer a letra. Tudo o que ele conseguiu cantar foi o verso final, e parte da plateia os acompanhou.

O aplauso que encheu o salão foi ensurdecedor. Soou como um avião prestes a pousar no telhado. Olive nunca tinha ouvido nada tão alto.

Ela localizou o avô, sentado em sua cadeira de plástico em um canto do salão. Um sorriso de orgulho se espalhou por todo o rosto dele. Os olhos dele estavam tão brilhantes e molhados que pequenas gotas desceram por suas bochechas, encontrando um lar em suas rugas, da mesma maneira que a chuva abre caminho em direção ao leito dos rios. Ela não via o avô tão feliz assim desde o tombo, e era difícil imaginar a tartaruga incomodando-o em um momento como aquele.

Seu plano tinha funcionado, mas ainda não chegara ao fim. Ela queria que a tartaruga partisse para sempre.

Ela limpou a garganta.

– Obrigada, muito obrigada – ela disse, como um apresentador de circo. – Quero agradecer à avó do Arthur e a ele também.

Mais palmas e vivas. Até que o silêncio baixou no salão quando ela voltou a falar.

– Esta é minha canção favorita. É antiga e maravilhosa, e eu a amo porque meu avô e eu a cantamos o tempo todo. Fala sobre ficarmos unidos, e é isso que fazemos.

O avô fez um aceno de cabeça enquanto enxugava as lágrimas.

– Mas há uma coisa ainda mais antiga e maravilhosa sobre a qual quero falar.

Ela fez uma pausa.

Todos os olhos estavam fixos nela.

— O que é? — sussurrou uma vozinha na primeira fila.

E Olive disse:

— Meu avô.

As cabeças se voltaram para o velho no canto do salão. Ele estava com os olhos arregalados e a boca aberta.

Olive acenou para o avô, chamando-o para o palco. Ele se levantou da cadeira e caminhou em direção à neta. Centenas de rostos fascinados o seguiram quando ele pisou no palco e se colocou alto e ereto ao lado de Olive, com a mão no ombro dela. Com o peito magro estufado, parecia uma pomba orgulhosa abraçando um filhotinho com a asa.

— Meu avô é a minha coisa antiga e maravilhosa favorita — disse Olive. — Meu avô faz de tudo. Ele prepara meu lanche e meu jantar. Ele me traz para a escola. Ele me abraça antes de dormir e logo que eu acordo. Canta canções e organiza aventuras para nós pela cidade. Ele me mostra lindos pássaros, como fazer aviõezinhos de papel, e coisas mágicas de muito tempo atrás, como máquinas de escrever e vitrolas. E conta histórias sobre minha mãe.

Ela fez uma pausa e desdobrou uma folha de papel que tinha no bolso. Levara muito tempo para escolher as palavras e as tinha escrito para não as esquecer.

– Meu avô apaga as partes cinzentas do meu dia e as enche de cores.

Nesse momento, o avô arrebatou-a com seus braços de espantalho. A plateia aplaudiu, a sra. March piscou para secar as lágrimas, e a avó do Arthur tocou um acorde triunfante na sanfona, assustando as crianças, que tinham esquecido que ela ainda estava ali.

Aninhada nos braços do avô, Olive olhou por cima do ombro e viu a velha tartaruga cinza desaparecer pela porta.

Um céu cadente

No dia seguinte, Olive deitou-se no pula-pula e ficou olhando o céu claro. Ele se estendia ao redor como um lençol gigantesco e ondulante, esmaecido à luz do sol. Ela pensou em um verso de *Lado a lado* que falava do céu caindo. Era uma coisa ruim, o fim do mundo. Olhando o céu agora, tão luminoso e vazio sobre a cidade, Olive não achou que um céu cadente poderia machucar muito. Pensou que nada poderia feri-la naquele momento. Tinha expulsado aquela velha tartaruga. Tinha feito o avô feliz.

Uma sensação de força inundou seu corpo com uma emoção de alegria, até que ela se contorceu e balançou e saltou no pula-pula, cada vez mais alto, mais alto do que jamais saltara antes. Ela avistou a plantinha na calha do telhado. A plantinha cintilou à luz da tarde.

Mas Olive desacelerou quando viu o pai perambular pelo quintal com o elefante se arrastando ao lado dele.

O ELEFANTE

Desde a festa, ela tinha tirado os dois da cabeça. Afinal, o pai tinha perdido tudo. A *bike* ainda estava quebrada, e agora ela não precisava dela como antes. Estava bem sem ela.

Sem ele.

Ela viu o pai e o elefante contornar um canto do quintal e notou uma coisa. O elefante parecia maior do que nunca, uma massa gigantesca, arrastando o pai para baixo, enterrando-o na sua sombra. Ela viu quando os dois subiram a escada que levava à casa. Os degraus se curvaram ao seu peso. Pouco antes que eles desaparecessem dentro da casa, Olive chamou:

– Papai!

Ele se virou. Seu rosto parecia uma pedra branca desgastada pelo mar e pela areia. Ela nunca o vira tão triste.

De repente ela desejou falar e falar, contar-lhe tudo – sobre a tartaruga, a festa, a sanfona, os aviõezinhos

Peter Carnavas

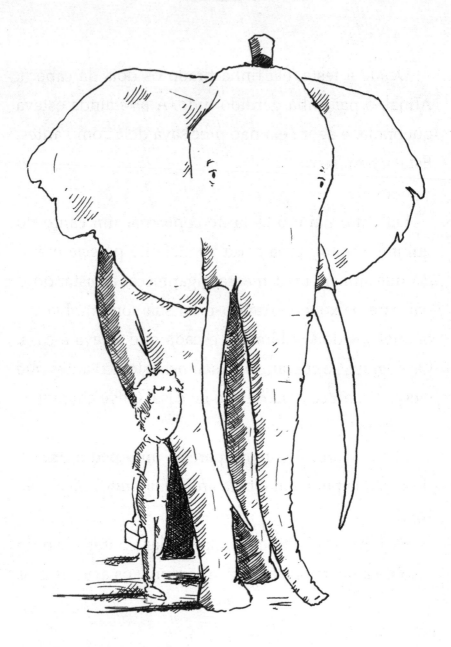

de papel, a pomba colorida, os brincos da sra. March e os livros do Arthur. Ela ansiava partilhar tudo aquilo, sabendo que, se continuassem falando, partilhariam segredos suficientes para encher mais do que uma xícara, mais do que um rio. Mais que o oceano.

No fim, ela não disse nada, porque o pai nunca ouvia – nunca ouvia realmente – quando o elefante estava ao lado dele.

Ele entrou na casa.

Olive escorregou do pula-pula e sentou-se apoiada no tronco do jacarandá. Enquanto Freddie fungava ao seu lado, choramingando e balançando o rabinho, sua voz saiu calma e forte.

– Vou me livrar desse elefante.

Um coração imenso

Era mais um dia de mochila roxa.

Olive e o avô estavam parados diante de uma loja de janelas empoeiradas e uma velha porta de madeira. A loja ficava no centro da cidade, no fim de uma alameda. Foram sete *Lado a lado* e meio para chegar lá.

O avô pegou uma garrafa de água na mochila e tomou um gole. Olive colou o rosto na vidraça e olhou para dentro da loja, mas não conseguiu ver muita coisa, por causa da poeira no vidro.

– Que lugar é este? – perguntou.

— Um brechó — disse o avô. — Um lugar cheio de coisas velhas e maravilhosas.

— Eu não sabia que ficava aqui — disse Olive, limpando a sujeira das mãos.

— Poucas pessoas o conhecem, mas ele está aqui há anos.

Olive se virou para olhar para ele.

— Podemos entrar?

— Melhor ainda — disse o avô. —Vamos lá para cima.

Ele abriu a velha porta de madeira, que gemeu como se estivesse despertando de anos de sono. Eles entraram, sentindo o cheiro de madeira velha e roupas mofadas. Olharam em volta para que seus olhos absorvessem a beleza da desordem que os cercava. Fragmentos da luz da tarde se refletiam nas janelas, incidindo sobre as pilhas de coisas estranhas que preenchiam todo o espaço e todos os cantos.

Havia prateleiras de roupas fora de moda e pilhas de malas marrons estropiadas. Bicicletas de quadro leve e cadeiras de cozinha pendiam do teto. Um

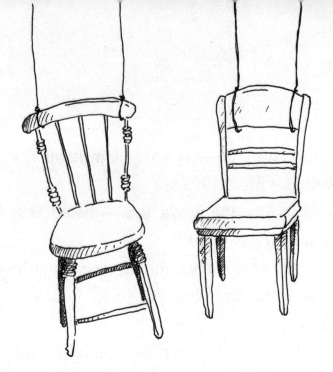

labirinto de estantes de livros que ziguezagueavam em direção à parede mais distante. Havia mesas e camas e caixas de sapatos, mesas cobertas de xícaras e panelas e bules de chá. No meio da loja, Olive avistou um telescópio imenso apontado para uma janela alta.

– Por aqui – murmurou o avô, e ela o seguiu.

Enquanto se apertava tentado abrir caminho em meio a tantas coisas antigas e maravilhosas, ela fantasiava histórias para algumas delas e imaginava quanto elas tinham sido importantes para alguém, em algum lugar, muito tempo atrás.

Chegaram ao fundo da loja, onde uma escada estreita acarpetada subia em espiral, muito mais alto do que Olive esperava. Ela via as pernas de espantalho do avô enquanto o seguia, subindo e subindo, até que finalmente deram com uma porta.

– Vamos entrar – disse o avô, girando a maçaneta.

De repente, estavam do lado de fora novamente, agora no topo da loja, sobre o telhado. Havia um corrimão de concreto em toda a volta. Olive se inclinou sobre o corrimão e olhou lá embaixo a alameda que se estendia a distância. Não havia carros, só pessoas andando de um lado para o outro. Todos pareciam muito pequenos entrando e saindo das lojas.

– Subimos muito alto, vovô – disse Olive.

– Sim – disse ele. – É por isso que estamos aqui. Este é o edifício mais alto da cidade.

Exatamente como tinha feito no campo de críquete, ele pegou uma folha de papel na mochila roxa. Dobrou-a de um jeito. E de outro. E fez um aviãozinho de papel.

O avô lançou o aviãozinho do telhado. Uma brisa o fez subir acima da cabeça deles. Circulou pela alameda, nadando suave e silenciosamente no ar da tarde. Por fim, aproximou-se do chão e pousou aos pés de um menino. Ele o apanhou e olhou em volta.

O avô e Olive se esconderam atrás do corrimão de concreto. Riam e arquejavam com a excitação que costuma dominar as pessoas que acabam de conseguir uma coisa maravilhosa e secreta.

Enquanto estavam escondidos, o avô olhou as nuvens de *milk-shake* que borbulhavam sobre a cidade.

O ELEFANTE

– Foi uma coisa adorável o que você me fez na festa – disse ele. – Fazer algo assim, deixando um velho tão feliz. Você tem um coração imenso.

O corpo de Olive formigou com a mesma sensação que tivera no pula-pula.

Ela teve uma ideia.

– Você tem mais papel, vovô?

Ela e o avô fizeram outro avião. Mas, antes de lançá-lo do telhado, ela parou.

– Vovô, você tem uma caneta?

Ele remexeu na mochila e encontrou uma caneta azul.

Olive escreveu no avião: "Seu cabelo está lindo".

E o atirou do telhado. O avião mergulhou em redemoinho. Finalmente, bateu suavemente no braço de uma senhora que lutava com o peso de várias sacolas de compras. A senhora colocou as sacolas no chão e pegou o aviãozinho.

Quando desdobrou o papel, olhou em volta, tentando descobrir de onde viera. Olive e o avô espiaram sobre a borda do corrimão e observaram.

A senhora leu a mensagem. Seu rosto se iluminou, e ela ajeitou os cabelos. Mais uma vez, ela olhou em volta e então partiu com suas sacolas, sorrindo por todo o caminho.

O avô deu um tapinha no ombro de Olive.

– Vamos fazer outro – disse ele.

O ELEFANTE

Ao longo da tarde, eles lançaram mais e mais aviõezinhos, cada um com uma mensagem para quem topasse com um deles a seus pés.

Um aviãozinho dizia: "Gosto dos seus sapatos". Outro dizia: "Olhe essas nuvens roxas". E: "Você tem um sorriso maravilhoso".

As pessoas os apanhavam, a princípio um pouco confusas. Então, quando liam as mensagens, seus rostos brilhavam. Ninguém parecia suspeitar que os aviões haviam sido lançados do alto daquela loja por um velho espantalho e uma garotinha de coração imenso.

Os animais

Os dois amigos caminharam de volta para casa, cantarolando sua canção e vendo o céu azul se tornar laranja, amarelo, rosa e depois roxo como o peito daquela linda pomba. Olive saltava e rodopiava ao lado do avô. Imagens de coisas antigas e maravilhosas dançavam em sua cabeça, e ela se sentia leve e livre como um aviãozinho de papel pairando sobre a cidade. Aquele tinha sido seu melhor dia de mochila roxa.

Talvez fosse a beleza do céu, ou talvez a vertigem da tarde, mas de repente ela sentiu uma compulsão de fazer algo que nunca tinha feito: dizer ao avô uma coisa que guardava dentro dela há muito tempo.

Ela limpou a garganta.

—Vovô – ela disse. – Às vezes, eu vejo animais. Grandes animais cinzentos. Mas eles não são reais.

O avô não hesitou. Continuou caminhando como se ela tivesse dito alguma coisa bastante comum sobre a escola ou o jantar.

– O que você quer dizer? – perguntou.

– Bem – disse ela. – Eu sei que os animais não existem de verdade. Eu só os imagino seguindo as pessoas.

– O tempo todo?

– Não. Só quando as pessoas estão tristes. Se vejo alguém triste, triste de verdade, imagino um animal grande e cinza rondando essa pessoa, tornando tudo difícil e pesado.

Os dois caminhavam leves e alegres de volta para casa. O céu escureceu mais, e um pontilhado de estrelas surgiu, parecendo furos numa cortina.

–Você teve um desses animais cinzentos? – perguntou o avô.

–Você teve, vovô. Quando eu caí da árvore, você ficou muito triste, e então uma tartaruga enorme o seguia por todo lado. Mas eu a expulsei.

– Como você fez isso?

– Eu o animei – ela disse. – Lembra-se, na festa?

O velho sorriu e olhou para a neta.

– Quem mais? – perguntou.

Olive se calou, mas seu corpo se contorceu e contraiu como se algo estivesse querendo explodir.

– Seu pai? Ele tem um animal?

Olive sentiu o peso da pergunta e diminuiu o passo. Chutou uma pedrinha e, por um momento, pensou ter ouvido Freddie latir ao longe.

– Sim, ele tem – disse. – Papai tem o maior animal cinza de todos.

O avô diminuiu o passo para se manter ao lado dela.

– É porque ele está muito triste?

Olive acenou que sim. Então parou. Jogou a cabeça para trás, para olhar o céu escuro. Desejou que ele não caísse justo naquele momento.

– Ele tem um elefante – disse. – Um enorme elefante cinza. Eu o vejo ao lado dele o tempo todo. Ele é tão grande e pesado que não sei como expulsá-lo.

O avô dobrou as pernas de espantalho e se agachou ao lado dela.

– Seu pai está triste há muito tempo – disse ele. – E pode continuar triste por mais tempo ainda. Mas não será para sempre.

– Parece para sempre – disse Olive.

– Eu sei. E sei que você expulsou a tartaruga, mas o elefante talvez seja grande demais para você fazê-lo se mexer sem ajuda.

Olive olhou novamente para o céu e, lentamente, uma ideia começou a girar e tomar forma em sua mente. Começou pequena, como uma estrela, mas

PETER CARNAVAS

logo se tornou algo maior e mais brilhante, um aglomerado de estrelas, uma cintilante constelação.

–Vovô... – disse ela lentamente, com cuidado para não deixar a ideia cair no chão antes de amadurecer. – ... E se você me ajudasse? Se você me ajudasse a expulsar o elefante?

O velho baixou os olhos para aquele rostinho sábio.

– Há uma coisa que devo lhe mostrar – disse ele. – É uma coisa antiga e maravilhosa, e acho que pode ajudar.

O barracão

Mais tarde, naquela noite, Olive estava sentada em um banquinho no barracão do avô, com Freddie ao seu lado. Uma lâmpada pendurada no teto lançava um brilho alaranjado e poeirento sobre todas as coisas que estavam amontoadas no local. Pás enferrujadas, potes empilhados uns sobre os outros, um carrinho de mão de ponta-cabeça, ao qual faltava a roda. O odor de terra e estrume pesava no ar, e Olive ouviu baratas fugir para baixo das prateleiras.

– Aqui está – disse o avô, com uma voz rouca e suave.

Ele alcançou uma prateleira alta onde havia peças de barro quebradas. Talvez fossem de um pote ou vaso rachado. Ele apalpou as peças por um momento e então trouxe-as para a bancada de trabalho. Olive deslizou para fora do banquinho e ficou de pé ao lado dele.

Ela observou o avô encaixar as peças e imediatamente reconheceu sua forma.

– Um elefante – disse ela. – É um elefante.

Ele acenou com a cabeça. Tinha se partido em quatro ou cinco pedaços, agora reunidos por suas mãos espantalho, mas era uma peça bonita. Tudo parecia em seu lugar: as orelhas e o corpo e os dedos em forma de meia-lua na ponta de cada pata. Havia um buraco no alto da cabeça para que se pudesse encher o elefante de terra e usá-lo como um vaso de plantas.

Então ela viu mais uma coisa. Duas minúsculas letras gravadas em uma das pernas.

– Isto é... – Ela correu os dedos pelas letras.

– Sim, da sua mãe – disse o avô, pondo um braço em volta do ombro dela. – São as iniciais dela.

– Mas por que estão aqui?

Freddie arranhou suas pernas, e o avô apertou seu braço.

– Porque foi ela que fez – disse ele, embora as palavras tenham ficado travadas em algum lugar da garganta.

Um plano

Olive pegou as peças do elefante nas mãos e pensou em todas as coisas cinzentas e coloridas que haviam preenchido a sua vida nos últimos meses.

A máquina de escrever e a vitrola. Os aviõezinhos de papel e a pomba colorida. Pensou em Freddie e na tartaruga. Nos livros do Arthur, na velha *bike* da mãe e no elefante do pai.

Olhando as peças de barro quebradas, uma coisa linda feita pela mãe, ela conversou com o avô.

Falaram sobre a mãe. E sobre o pai. E sobre um plano para se livrarem do elefante.

Peter Carnavas

Arco-íris

Faltavam apenas umas poucas semanas de aula. Olive contou a Arthur seu plano para expulsar o elefante. Era um plano excitante, constituído de coisas que o avô tinha usado para colorir a vida de Olive: aviõezinhos de papel, *Lado a lado* e algumas coisas antigas e maravilhosas também.

–Você acha mesmo que vai funcionar? – disse Arthur, descascando uma banana. –Você acha que vamos nos livrar do elefante?

Olive deu uma mordida em seu *wrap* de salada.

– Espero que sim – disse ela. – Estou cansada de vê-lo perambular por aí. Tão grande, pesado e cinzento.

– Oh! – gritou Arthur, deixando cair a banana. – Isso me lembra... Quero lhe mostrar uma coisa.

Ele correu até a sala de aula e voltou logo depois, carregando *O grande livro dos elefantes*.

–Veja isto! – ele disse, procurando uma página perto do final do livro.

Era uma foto de um elefante que ocupava uma página dupla. O estranho era que o elefante não era cinza. Tinha sido pintado em todas as cores brilhantes imagináveis – amarelo, verde, roxo, vermelho, laranja, azul e rosa-açucarado. As cores tinham sido pintadas em padrões e espirais, formando folhas e flores, estrelas e meias-luas. Joias cintilantes pendiam das orelhas do elefante, e um cobertor dourado estava dobrado sobre suas costas.

– Uau! – ela suspirou. – É a coisa mais bonita que eu já vi...

– Eles pintam os elefantes na Índia – ele disse. – Para um concurso. – Seus olhos brilharam, e ele acrescentou uma coisa que soou familiar. – É para uma exibição. Nem todos são cinza.

Olive sorriu ao se lembrar da pomba colorida.

Então tudo se juntou com muita facilidade em sua mente: o elefante arco-íris, as peças de argila feitas pela mãe e o plano para alegrar o pai.

Ela não podia esperar.

A expulsão do elefante

Era uma manhã de sábado.

Olive espiou pela porta do quarto do pai e viu que ele estava dormindo, mas logo ele começou a se espreguiçar. Rolou lentamente para um lado e esticou uma perna sob o lençol. Quando uma leve brisa tocou seu rosto, ele se contorceu e abriu um olho.

Um aviãozinho de papel amarelo estava amarrado ao ventilador de teto acima da cama, girando no ar em um círculo perfeito. Ele sorriu, sentou-se e encontrou outro aviãozinho de papel pousado sobre o cobertor. Havia alguma coisa escrita nele. Desdobrou o papel.

O elefante

Olive sabia o que o pai veria, porque ela mesma tinha escrito. Havia flores, estrelas e pássaros desenhados com caneta hidrográfica do lado externo da página e uma mensagem no meio, escrita em uma velha máquina de escrever.

```
Querido papai,
Você está convidado para o café da manhã
embaixo do jacarandá.
Depressa, antes que a comida esfrie!
                              Te amo, Olive
```

Ele se arrastou para fora da cama, e Olive saiu na ponta dos pés, para não ser vista. Já esperava sob a árvore com o avô quando o pai abriu a porta dos fundos. Ele desceu os degraus, parou no gramado e olhou para o jacarandá. Um riso ofegante escapou de sua boca aberta quando ele viu centenas de aviõezinhos coloridos pendurados nos ramos. Eles giravam, rodopiavam e faziam piruetas ao movimento da brisa.

Havia aviõezinhos roxos, laranja, azuis, verdes, amarelos e vermelhos.

Era como se a grande árvore tivesse brotado flores de todas as cores: flores pontudas na forma de aviões de papel esvoaçantes.

Sob a árvore havia uma pequena mesa e cadeiras, e sobre ela, pratos, xícaras e uma bandeja com ovos, tomates e torradas. Olive e o avô se sentaram, sorrindo. Ainda usando seu pijama amarrotado, o pai caminhou na direção deles.

— Isso é... adorável — ele disse.

Ele se sentou, e todos se acomodaram. Os ovos mexidos aqueceram o estômago de Olive, e ela olhou para a cena que a cercava: os aviões coloridos flutuando acima de suas cabeças, a grama macia coçando seus pés sob a mesa e, naturalmente, o pai.

Ela observou a luz matinal colorir seu rosto seco e barbado naquela manhã de sábado. O plano parecia estar funcionando. Ele certamente parecia feliz, e, naquele momento, ela não pôde ver o elefante em nenhum lugar próximo.

No entanto, precisava ter certeza.

Queria ver o elefante desaparecer para sempre.

Quando os pratos estavam vazios, Olive limpou a boca com um guardanapo e estendeu a mão para o pai.

– Papai – ela disse, tentando se lembrar das palavras exatas que o avô lhe ensinara. – Você gostaria de dançar?

O pai ergueu as sobrancelhas e riu. Então enlaçou as mãos grandes e ásperas nos dedos delicados da filha, e eles ficaram de pé sob a árvore. Como se viesse de lugar nenhum, uma música começou a tocar, uma música suave flutuando no ar.

O pai de Olive se virou e viu, à sombra, o avô ao lado da velha vitrola.

– Essa é sua vitrola? – ele disse. – A que estava lá em cima?

O avô acenou com a cabeça.

Olive guiou o pai pelo grande gramado. Quando a vitrola tocou os primeiros versos de *Lado a lado*, eles começaram a dançar. Ela segurou a mão do pai e moveu os pés como o avô tinha lhe ensinado. Foi difícil não pisar nos pés do pai, mas, à medida que a música continuava, ela tropeçou cada vez menos, deslizando suavemente sobre a relva. Ela começou a dar umas risadinhas, e o pai riu também.

Logo, eles riam juntos enquanto dançavam, contornando o tronco do jacarandá, ao redor do pula-pula e esquivando-se do balanço do pneu. A música soou mais alto pelo quintal, e o pai a ergueu no alto. Olive soltou um grito agudo quando ele a virou de ponta-cabeça. O pai rodopiou com ela em círculos vertiginosos. Tudo em volta – os aviões de papel, as flores do jacarandá, a casa, o gramado – girava em uma linda névoa.

Então a música terminou, ele desacelerou e a pousou no gramado.

O ELEFANTE

– Há mais uma coisa – disse ela.

Pulando, ela atravessou o quintal até o barracão do avô, entrou, evitando trombar com tanta coisa, e então caminhou de volta em direção ao pai, carregando com todo o cuidado alguma coisa nas mãos.

Olive a estendeu ao pai como se estivesse apresentando a coroa a um novo rei.

Era o elefante de barro da mãe, e não estava mais quebrado.

Os pedaços tinham sido colados, e flores roxas brotavam do buraco nas costas. O pai pegou o elefante com suas mãos pesadas e passou o dedo sobre as iniciais gravadas na perna.

– Eu me lembro disto – ele disse, girando o elefante. – Mas está muito mais colorido.

Ele estava certo, porque Olive tinha pintado o elefante como um arco-íris, com um redemoinho de folhas e flores.

Olive sorriu e disse:

– Nem todos são cinza, papai.

Ele se agachou, aproximou o rosto barbado do dela e abraçou-a com força.

– Obrigado – ele disse.

O ELEFANTE

Enquanto ele a abraçava, Olive avistou algo se movendo no quintal. Era uma figura grande e pesada e cinza. O elefante do pai.

Olive apertou os braços ao redor do pai e viu o elefante cruzar o gramado e sumir de vista.

Tinha desaparecido.

A oficina

Depois que terminou a aula, Olive e Arthur caminharam para o portão fazendo planos de se encontrarem nas férias

— Ainda não subi na sua árvore — disse Arthur.

— E eu quero experimentar aquela sanfona — disse Olive.

Eles chegaram ao portão, e Olive abraçou o avô.

— Olá, querida — disse ele.

O rosto dela brilhou quando ela notou a mochila roxa.

Fizeram a caminhada cantando *Lado a Lado*. Depois que a cantaram sete vezes, chegaram a uma rua industrial fora do centro. Estava cheia de galpões, de maquinaria e de caminhões.

Pararam em frente a uma oficina mecânica.

– Parece a oficina do papai – disse Olive. A porta da oficina estava baixada. – Mas onde está ele?

– Ele... hum... – O avô coçou seus cabelos brancos e ralos. – Deve estar em algum lugar. Mas queria que eu lhe mostrasse uma coisa.

O avô levantou a porta da oficina, e eles entraram. Cheirava a gasolina e tinta. Havia trapos sujos espalhados pelo local e o carro de alguém parado no meio da oficina. O capô estava aberto, expondo um interior de metal cheio de graxa como um paciente em uma mesa de cirurgia.

O avô apertou o interruptor, e a oficina se iluminou.

Olive viu as paredes, e seu coração quase parou.

Estavam cobertas de fotos dela: Olive bebê, Olive no primeiro dia de aula, Olive no pula-pula, Olive

pulando uma onda na praia. Havia fotos na escola, fotos nas férias e fotos embaçadas difíceis de identificar. Entre as fotos havia desenhos dela, dos primeiros rabiscos aos esboços mais recentes. Quase não havia um espaço vazio nas paredes.

– Isto sempre foi assim? – disse ela.

O avô acenou com a cabeça.

– Há anos e anos.

Enquanto perambulava pela oficina olhando a galeria, Olive percebeu por que o avô a tinha levado ali. Estava partilhando um segredo. Ele havia aberto uma cortina para mostrar como o pai realmente se sentia

O ELEFANTE

em relação a ela, quanto ele a amava. Durante esse período, ela não via mais seu elefante e sua enorme sombra cinzenta. Agora que havia desaparecido, Olive pôde ver a luz que ele encobria todo o tempo. Sentiu como se flutuasse acima da água e pudesse ver todo o oceano cheio de segredos que o pai guardava dentro dele.

Era um sentimento maravilhoso, mas, ao olhar em volta da oficina, seu sorriso desapareceu.

— Minha *bike* não está aqui — ela murmurou, virando-se para o avô. — Onde está o papai?

Ele ergueu as sobrancelhas e acariciou a mochila.
– Há mais uma surpresa – ele disse.

A surpresa

Quando chegou em casa, Olive avistou Freddie, ofegante no degrau mais alto da escada. Ela partiu na direção dele, mas o avô pegou sua mão.

– Por aqui – ele disse, com um sorriso enrugado.

Ele tapou os olhos dela com as mãos envelhecidas e guiou-a pela lateral da casa. Freddie desceu os degraus correndo e caminhou ao lado deles. Chegaram ao quintal e dirigiram-se para o jacarandá.

– Está pronta? – perguntou o avô.

Olive fez que sim.

Ele tirou as mãos.

– Ohhhh! – Ela arfou.

Sua respiração saiu em golpes trêmulos de excitação, porque, diante dela, uma bicicleta brilhava ao sol da tarde.

Era a sua bicicleta.

A bicicleta de sua mãe.

Ela se aproximou e correu os dedos pelo quadro e pela costura do selim acolchoado. Apertou os pneus, segurou nas manoplas do guidão e tocou a buzina.

Ding!

Exatamente como a velha máquina de escrever.

– A *bike* está aqui – ela disse alto, maravilhada. – Mas onde está o papai?

– Aqui em cima.

A voz veio do alto. Uma voz profunda.

Ela olhou para os ramos altos do jacarandá, e lá estava ele.

Seu pai.

O ELEFANTE

Ele estava sentado em um dos ramos mais resistentes, tendo nas mãos um aviãozinho de papel branco e sorrindo para ela.

– Papai – ela gritou. – O que você está fazendo aí em cima?

– Veja isto – ele disse, ignorando a pergunta. – Eu treinei como fazê-los.

E fez o avião voar. O aviãozinho fez uma curva graciosa pelo ar, depois desceu em espiral e pousou suavemente no gramado.

Olive sorriu para o pai. Seu coração batia como asas de borboleta, e suas mãos tremiam.

Aquilo estava mesmo acontecendo?

Estaria ela sonhando?

Não, talvez fosse apenas o que se sentia quando os desejos se tornam realidade. O pai tinha escalado a árvore. Tinha feito um avião de papel. E consertado a *bike*.

Todas essas coisas teriam sido impossíveis quando o elefante ainda o rondava.

—Venha, então – disse o pai, saltando da árvore para o chão. – Dê uma volta.

O avô tirou o capacete de dentro da mochila roxa. Ela o vestiu, agarrou o guidão, colocou um pé em um dos pedais e deu impulso com o outro. Os pneus traçaram uma linha oscilante no gramado. Então ela pedalou mais rápido e fez curvas suaves ao redor do quintal, contornando o pula-pula e a árvore. Ela correu ainda mais, cortando o vento. Sentiu como se voasse, como um aviãozinho perfeitamente dobrado planando no céu da tarde.

Enquanto corria, ouviu vivas e aplausos dos dois adultos parados no meio do gramado, e uma sensação de borboletas voando dentro dela. Ela havia expulsado os animais cinza.

A tartaruga tinha partido. O elefante, também.

O ELEFANTE

Foi então que Olive desacelerou e parou a *bike*.

Outro animal continuava rondando por ali.

Um animal sobre o qual não falara a ninguém e que mantinha em segredo.

Um cachorrinho cinza de pernas curtas e rabo longo.

Adeus

Olive deitou a *bike* na grama e, ladeando a casa, caminhou para o portão da frente, onde os outros não podiam vê-la. Imaginou Freddie sentado no portão, balançando seu rabinho e olhando para ela. Ela se agachou e o abraçou. Ele lambeu seu rosto. Uma única lágrima correu-lhe pela bochecha, e Freddie também a lambeu. Tinham partilhado momentos como esse muitas vezes – sempre que Olive caía, ou chorava, ou pensava na mãe que ela não conhecera, sempre que se sentia perdida, solitária ou simplesmente triste. Nesses momentos, ela sempre imaginara Freddie fungando, choramingando, sempre perto dela, aquecendo-a.

Agora, por mais que o amasse, ela sabia que não precisaria mais dele. Estava suficientemente feliz e forte para viver sem ele.

Ela sussurrou na sua orelha peluda.

– Está tudo bem – disse ela. – Você pode ir agora.

Ela o abraçou mais uma vez, e então deixou-o ir. Imaginou que ele se virou e depois seguiu em frente, com o rabinho bem em pé. A suave imagem foi diminuindo, até que, finalmente, desapareceu.

Perfeito

Na manhã seguinte, Olive e o pai estavam deitados no pula-pula, vendo as folhas do jacarandá balançar sobre suas cabeças. O avô caminhava ao redor do canteiro de abóboras, catando gafanhotos nas grandes folhas peludas. O pai mantinha a barba por fazer, como em todas as manhãs de sábado, e Olive lhe acariciava o queixo cheio de espinhas enquanto conversava.

Ela lhe contou tudo sobre as coisas antigas e maravilhosas exibidas na escola.

Falou da linda pomba colorida e dos aviõezinhos de papel atirados do telhado do brechó.

Falou até dos animais cinzentos.

O pai continuou deitado, ouvindo as histórias. Ela as guardara por muito tempo e agora podia deixá-las sair, como pássaros engaiolados varrendo o céu claro.

Quando ela terminou, o pai apertou sua mão.

– Sabe? Estive pensando que poderíamos ter um animal só nosso – ele disse. – Um animal de verdade, quero dizer.

– Um animal de estimação? – Olive ficou de joelhos.

Ela havia sonhado com todos os tipos de animais exóticos que existem.

– Podemos ter uma girafa? – disse ela. – Ou então um orangotango?

O pai franziu as sobrancelhas.

– Que tal um pinguim? Um tucano? Uma suricato? Um filhote de panda?

O ELEFANTE

O pai despenteou os cabelos dela e riu.

– Devagar, devagar – ele disse. – Por que não começamos com um cachorro e pensamos em pandas mais tarde?

– Tudo bem – ela disse, deitando-se de novo.

– A primeira coisa que vamos precisar fazer é pensar em um nome – ele disse. – Você pode pensar em um bom nome para um cachorro?

Olive se aconchegou ao pai. Fechou os olhos e pensou em seu velho amigo, seu cachorrinho cinza de pernas curtas e longo rabinho.

– Sim, posso – ela disse. – Tenho um nome que ficará perfeito nele.

Agradecimentos

Estou muito orgulhoso de ter escrito este livro, mas eu não o teria feito sozinho.

Agradeço a você, Kristina Schulz, por ter acreditado nesta história desde o começo, quando eu, trêmulo, entreguei os primeiros capítulos e balbuciei a ideia que ainda estava crescendo em minha cabeça. Sou muito grato pela atenção que dedicou a este livrinho.

Kristy Bushnell, agradeço por apontar todas as pequenas coisas que me escaparam, por chorar em todos os pontos certos e por me manter obediente ao cronograma. Eu ainda estaria desenhando elefantes se não fosse você.

Agradeço a Mark MacLeod, que transformou a edição em uma arte. Você me ajudou a aprimorar esta história em algo muito mais claro do que imaginei. Gostei tanto de ler suas correções que quase desejei mais. Quase.

Gratidão a Jo Hunt pelo maravilhoso projeto gráfico e por tolerar minha indecisão sobre a capa.

A toda a equipe da UQP, meus agradecimentos por me receberem a bordo e pelo grande apoio que dão a seus escritores.

Agradeço a Allison Paterson, que me deu um enorme encorajamento depois de ler um primeiro esboço.

A minha mãe, a meu pai e a toda a família, muito obrigado pelo amor e pelo apoio.

A Bron, Sophie e Elizabeth – pode ser estranho ter um marido e pai que sonha acordado com elefantes e tartarugas imaginárias o dia todo, mas, quando não estou fazendo isso, estou pensando como tenho sorte de ter vocês. Assim como o avô de Olive, vocês apagam as partes cinzentas do meu dia e as enchem de cor.

E, finalmente, a Georgie, nosso cãozinho cinza de pernas curtas e rabo longo, que recentemente ficou velho demais para este mundo. Você sempre soube quando um elefante chegava perto e como expulsá-lo.

Peter Carnavas

Peter Carnavas escreve e ilustra livros para crianças e adultos. Seu primeiro livro, *Jessica's Box*, foi pré-selecionado para o Queensland Premier's Literary Award e para o CBCA Crichton Award for Emerging Illustrators. Desde então, criou muitos outros livros, entre ele *Last Tree in the City*, *The Children Who Loved Books* e *Blue Whale Blues*.

Também ilustrou a série de livros de humor de Damon Young que celebra a diversidade familiar. Peter dá palestras muito populares em escolas, e sua obra tem sido traduzida para muitas línguas, como italiano, português, coreano e holandês. Ele vive na Sunshine Coast com a mulher, duas filhas e uma cadelinha encantadora chamada Florence.

www.petercarnavas.com